WEI MEI SHOU SHAN SHI DIAO FENG WEI JING PIN JI

唯美 寿山石雕
冯 伟精品集

冯 伟 著

海峡出版发行集团
THE STRAITS PUBLISHING & DISTRIBUTING GROUP

福建美术出版社
FUJIAN FINE ARTS PUBLISHING HOUSE

冯久和、冯其瑞、冯伟一家三代雕刻艺术家在其历时十余年共同创作的重达3吨多的大型寿山石雕作品《国富延年》前合影。

冯伟，1975年出生，福建省福州市人。中国工艺美术大师冯久和嫡传弟子，国家级非物质文化遗产项目代表性传承人。曾先后毕业和进修于省工艺美术学院、省师范美术学院。自幼受祖父冯久和先生的艺术熏陶，以及父亲冯其瑞(省民间艺术家)、母亲吴美瑛(寿山石收藏鉴赏家)指点，在艺术氛围中长大。他不囿于传统，敢于推陈出新，在努力继承家传题材的同时，又不断探索新的领域。凭借自身良好的美术理论基础和扎实深厚的雕刻基本功，熟练地运用圆雕、高浮雕、浅浮雕、乃至透雕等各种技法，因材施艺，巧下铁笔。他雕刻的花果、动物作品造型生动、神态天真、动感强烈，既写实又写意。不少作品在国家、省、市各项展览中获得大奖，并多次在多个国家成功举办个展，作品深受国内外人士喜爱。2006年被中国工艺美术学会评为"全国青年优秀工艺美术家"；2007年荣获"中国寿山石雕刻福建省名人"称号。现为省工艺美术师、福建省工艺美术协会会员、福建省寿山石文化研究会会员、福建省工艺美术研究院特聘研究员。

序

福建美术出版社的"唯美"系列寿山石雕画册在全国书业界和寿山石雕界颇有一些口碑。这主要缘于策划者选人和选材的严格。大师们和他们的经典力作使这套画册显得沉甸甸的。如今,冯伟的加盟使这套书在题材、技法和艺术风格上更加丰满了。

冯伟是寿山界的"世家弟子"。虽然我与他认识才半年多,但冯氏家族精湛的石雕艺术却是我心仪已久的。冯伟的爷爷冯久和先生是享誉全国的泰斗级寿山石雕艺术家,他的作品达到了那个时代的艺术巅峰,并深刻影响着后代艺人。如今,他虽年逾八句,却依然在规划创作,引领后辈,精神和功力丝毫不减当年。冯伟的父亲冯其瑞先生亦是卓有成就的寿山石雕艺术家,在全面传承冯久和大师的精湛技艺中,积累了深厚的艺术功底。冯伟的母亲吴美瑛女士是寿山石雕界的传奇女子,她对寿山石充满了激情与热爱。她对寿山石原石有着独特的敏感和与众不同的眼光,她收集的寿山石品种之丰富足以充盈一个博物馆,而且每块石头背后都有一个动人的故事。因此,她的构思和创作也具有浓郁的个人风格。如今,由于冯伟的成长和成熟,他被评选为"国家级非物质文化遗产代表性传承人",这个祖孙三代的家庭不仅是冯氏家族的荣耀,更是我们国家和民族的荣耀。

家学渊源。冯伟成才的氛围与环境是得天独厚的。年少学艺,他比同龄孩子少了天纵玩乐,多了专业培训,祖父与父亲的严厉和慈爱让他记忆犹新,也在他的作品中刻下了深刻的冯氏烙印。他的创作成熟后那种挥洒自如、恣意豪放的风貌也莫不受益于他扎实深厚的童子功。

冯伟的创作擅长于草木花卉、飞禽走兽。他的"海底世界"和"花果蓝"类作品已经达到冯久和大师的境界。人们可以从他局部写实和整体写意的构思中感受到作品的从容与大气。他选取的题材常常是传统的普通的,但就在这传统和普通的题材中展现出独特的谋篇布局和潇洒的技法运作。他的作品以石材的精美、构思的精巧、技法的精湛构成一件件整体上的精品。如今,这些精品集结出版,就是冯伟对自己创作的一次检阅,也是他对自己艺术生涯的一次总结。

冯伟与其父亲冯其瑞先生、其母吴美瑛女士,有着一个幸福的大家庭。我数次造访过这个家庭,感受到艺术创作的氛围的完美。他们的热情与坦诚让我感到轻松自如。由此,出版者与艺术家之间的工作交流渐次发展成一段友情。同时我还意识到冯久和大师这个家庭还有太多的艺术创作和经历可以贡献给世人,这将是另外一笔财富。

冯伟为人敦厚笃实,不事张扬。他属那种以作品说话的艺术家。如今他的体力、精力、阅历、经验都已达到峰值,定将有更多新作来表达他的艺术创作新精神。作为朋友我想为他说几句。

是为序。

施群
(福建人民出版社社长、总编辑)
2011年4月

苦尽甘来　老岭石
（本作品藏于福建省工艺美术珍品馆）

苦尽方甘来　蜕去青涩方成正果

——高级工艺美术师冯伟苦瓜系列寿山石雕作品赏析

● 刘　磊（专栏作者）

绿意盎然的苦瓜在朝阳的映照下，泛出生机勃勃的活力；肥大饱满的苦瓜，则在夕阳的余晖下泛出淡红中带黄的秋收气息；裂开的瓜体处，颗粒饱满的瓜籽犹如流霞包染的珍珠，晶莹而迷人……2011年5月初，高级工艺美术师冯伟的苦瓜题材作品《硕果累累》从2011年中国工艺美术百花奖中脱颖而出，荣获金奖，艺术界评论家认为该作品具有浓郁的生活气息，是真正源于生活而又高于生活的艺术精品。

早年以雕刻花鸟及群猪等大型题材展露头角的冯伟，近年来却以苦瓜系列频频让人注目：《苦尽甘来》被福建省工艺美术珍品馆收藏，《甘来果》等苦瓜系列高调亮相2011年"福建省非物质文化遗产博览苑春节展"特别专题展，《硕果累累》又获本届中国工艺美术百花奖金奖。细品冯伟的苦瓜系列作品，颇有写实艺术的神韵和浓郁的生活气息，"缓缓的柔光里，一只瓜从从容容在成熟；一只苦瓜，不再是色苦，日磨月磋琢出深孕的清莹，看茎须缭绕，叶掌抚抱，哪一年的丰收想一口要吸尽"，让人深深体味到苦尽甘来的生命现实。难怪业内专家认为，源出中国工艺美术大师冯久和的高级工艺师冯伟，已经如苦瓜般经历长久的打磨、历练，蜕去青涩与稚嫩而终成正果，走出一条适于自己的雕刻艺术之路。

石雕界一专家说，对于苦瓜系列的作者冯伟来说，难得的不是他由苦瓜作品获得的各种荣誉，而是其走出祖父冯久和大师花鸟题材的影响，而自成一家的勇气和魄力。这种不甘人后而执著追求技艺突破的思想分量，要远远高于一枚甚至数枚金奖的评估价值。尤其是其苦瓜系列多采用常见的老岭石，评委对其作品的认同不仅标志着对其雕刻技艺的认同，也昭示着评委们对当代中国寿山石雕应重艺还是重材质的一种态度。

工艺美术讲究"因材施艺"。个性化形质是其特点和价值的体现，然而，长期以来，即便是陈列工艺也在批量化生产"规格货"，造型千篇一律、价格低廉，充斥着工艺美术市场。它们所占用的原材料，不但未能体现出其应有的价值，也更容易因为艺术附加值低而遭废弃。尤其是对矿产资源濒临枯竭的寿山石来说，批量化生产的现代工艺品对于原材料的浪费尤显严重。而面对这种现实困境，雕刻家们不应因循守旧、循规蹈矩，仅仅靠石质、石材取胜，而要锐意进取、大胆求索，在创造雕艺作品的高附加值上下真功夫，而冯伟的苦瓜系列作品就是一种有益的尝试。

五味里的苦，最有代表性的要数苦瓜。而在所有瓜果蔬菜中，形象最好、最具艺术气质的应当数苦瓜。它长圆形，表面有瘤状突起，熟时通体金黄，近年更是有通体白玉和黑玉样的新品种，苦瓜的几种颜色，在玉里都能找到，故宫博物馆里就有玉雕的苦瓜供皇帝和他的爱妃们玩赏。李渔说，做菜是要使有味者出，无味者入，但苦瓜是很君子的，它只苦自己，不会把自身的味道弄到其他菜上去。其不流俗的特立独行的品性，更是谙合了中国古代某类文人的精神传统，清代大画家石涛就和它达成了某种默契，为了向苦瓜致敬，他就把名字改为"苦瓜和尚"。张大千曾自篆"苦瓜滋味"印章，其中隐喻可供体会。当代国画大家吴冠中也曾以苦瓜自喻，以隐含自己对祖国、对家园、对自身文化根源的深沉热爱。著名诗人余光中诗中，以白玉苦瓜为中华民族脱胎换骨的历史见证。

瓜而曰苦，正是充满苦难的现实人生的写照。然苦瓜其味虽苦，却苦后回甜，人生哲理寓意其间。而冯伟20余年的雕刻经历也如苦瓜般先苦后甜，历经20年方蜕去青涩与稚嫩而终成正果。师出名门而不囿于此，历经艰辛而自成一体，以老岭石这种被称为寿山石中最粗鄙之物而雕刻出艺术品味高雅之石雕精品，与石帝田黄、石后芙蓉等高贵石种同台竞技而毫不逊色，这就是冯伟"不亏待每一个石种"的雕刻技艺的独特魅力。

在艺术家们崇尚深入生活、亲近自然、执着艺术的理念之举几近成为奢谈之时，在石雕大师们忙于应酬、纵身商海之际，高级工艺美术师冯伟执着于日常生活中常见的苦瓜，并将诗意与灵性巧妙融于一体，颇具领先时代的价值和意义。"作品如人，人如作品。"《甘来果》、《苦尽甘来》这类来源于生活而又高于生活的寿山石雕作品，不仅显示了寿山石雕的中坚力量们对现实的关注和工艺美术资源的重新开发，也意味他们对新世纪艺术内涵的探索和对时代责任的勇于承担，更显示了作者传承传统雕刻技艺基础上创新出新世纪石雕标杆的艺术理想。

站在历史和现实的十字路口，中国工艺美术须拂去历史和文化撞击中的躁动，坦然横跨传统与现代文明，在经济产业与文化事业之间寻找到平衡，方能达成人尽其才、物尽其用的远景。而冯伟的苦瓜系列让我们看到了中青年石雕艺人不懈的坚持和蓬勃的希望。苦尽方甘来，蜕去青涩方成正果，期待愈来愈多的苦瓜系列亮相石雕艺坛，也希望更多的冯伟历经岁月洗礼而终成正果，如此当为石雕之幸也。

苦尽甘来　老岭石

大吉大利　老岭石

早生贵子　老岭石

鹿　芙蓉石

六六大顺　黄金黄芙蓉石

《发财兔》

　　玉兔献瑞是传统的习俗，人们喜欢用发财兔来迎神接福，祈求神灵保佑，期盼年年五谷丰登、人财两旺。寿山石雕作品《发财兔》选用老性水洞高山石精心雕刻而成，四只红色兔子和一只白色兔子形态各异，栩栩如生，活泼可爱；白中透红的白菜质感明澈温润，闪着祥瑞之光。兔子长长的耳朵寓意招财纳福，带来平安、富贵；与白菜（百财）相配，则有抱财、吸纳四方之财之意。

　　"鲜嫩水灵的菜茎紧密相裹、流畅自然，而菜叶疏松玲珑，菜根则是粗须缠绕，根须交错有序，雕琢粗犷之中又见镂空，栩栩如生。"与传统石雕作品相比，这件作品突破了传统石雕白菜粗简的风格，充分体现了作者娴熟的雕刻技艺，让人初一看去，就和真的白菜没什么区别。让人品味作品的吉祥寓意和欣赏天生丽质寿山美石的同时，更为作者巧夺天工的构思和娴熟高超的雕刻技法所震撼。

发财兔　老性水洞高山石

发财兔方章　水洞朱砂高山石

金玉满堂　五彩坑头石

三羊开泰　结晶性芙蓉石

母爱　奇降石

五子登科　芙蓉石

一鸣惊人　水洞高山石

瑞猴献寿　结晶性芙蓉石

踏雪寻梅　老性芙蓉石

《踏雪寻梅》

"冬前冬后几村庄，溪北溪南两履霜，树头树底孤山上。冷风来何处香？忽相逢缟袂绡裳。酒醒寒惊梦，笛凄春断肠，淡月昏黄。"元代杂剧家乔吉的散曲《寻梅》，因其婉约朦胧，抒怀达意，六七百年来一直为人们所喜爱和传唱。但古人的浅唱低吟无非是消愁解闷，而今人却用寿山石雕琢出了"踏雪寻梅"的画面，更为传神和动人。

寿山石雕作品《踏雪寻梅》采用老性芙蓉石，通过巧夺天工的构思变为了神奇的"寻梅"：白雪、粉梅、梅花红枝干、群鹿，形象地表达了不畏严寒踏雪寻梅的意趣和神韵，令人叹为观止，尤其是作品充满纯朴的意境与浓郁的生活气息。作者非常巧妙地将近景、中景、远景的布置层层推进，画面井井有条而又富于变化，境界幽深，引人入胜。

《雄鸡报晓》

　　"头戴冠者，文也；足搏距者，武也；敌在前敢斗者，勇也；见食相呼者，仁也；守夜不失时者，信也。"是为五德也。自古以来，中国人对鸡就情有独钟，认为鸡是上天降临人间的吉祥物，并称其为"五德之禽"。

　　作为吉祥如意的象征，人们喜在过年时在门上贴雄鸡图以驱邪恶祈平安，并把农历新年的首日定为鸡日，艺术家文学家也乐于以鸡来表现大吉大利之意。《雄鸡报晓》采用俏色芙蓉石，巧妙利用其天然纹理和色彩，创作出石佳艺精的艺术精品。

　　正鸣叫的雄鸡雄健威武，气势非凡，跃跃然如在眼前，翘翘然如闻其声。尤其是作者通过浑朴的作品造型、静中有动的身姿、圆顺娴熟的刀法来表达自己的构思，并巧妙地将意境与雕工融为一体。特别巧妙的是作者利用占原石大部分的红色，雕刻成喷薄欲出的朝阳和刚健威武的雄鸡，让人陡生"意在五更初，幽幽潜五德；瞻顾候明时，东方有精色"之意境。而白色部分处理成盛开的花朵，中间的点点粉红处理成花蕊，巧夺天工的构思将大自然的和谐与艺术的韵味表现得淋漓尽致。

雄鸡报晓　芙蓉石

松马图　蜡烛红芙蓉石

福满门　掘性奇降石

护犊过溪　坑头石

《护犊过溪》

　　牛有舔犊之情，羊有跪乳之恩。

　　这世上最让人感动的地方不是什么山盟海誓，而是最最伟大的亲情。

　　该件作品精心雕刻了两只老牛护送一只小牛犊过溪的场景。无论是回头观望的老牛，还是在后护卫的老牛，他们的眼中关注的不是身边湍急的溪水，而是处在中间的小牛，而仰头而叫的小牛犊没有丝毫担心和害怕，反而有对征服溪水的期待和向往。

　　一块只有简单黑白两色的坑头石，经过作者精巧的构思、纯熟的刀法，旋而成为充满爱和温馨的舔犊之情。整件作品以静为主，静中寓动，通过简练的线条，古拙的刀法，形神兼顾的创意，使得无论是静中寓动的牛，还是动中寓静的溪水，都细腻生动，形态、线条、构思、取意等无不干净利落，诗情画意跃然石上，让观者为作者巧夺天工的构思和娴熟高超的雕刻技法所震撼。

海底世界　芙蓉石

合家欢 黄巢冻石

逍遥游　结晶性芙蓉石

《海底世界》

　　美丽的水母，漂亮的深海鱼，依形而雕的珊瑚、礁石……眼前的寿山石雕让人恍若置身生机盎然的海底风光。"眼中无海，处处皆是海"，高级工艺美术师冯伟寿山石雕作品《海底世界》没有雕刻出丝丝水纹，也没有丁点蓝色的海水，但却让人无处不感到正身处蔚蓝色的海底世界，在欣赏着一曲美丽的海底交响曲。

　　而观赏其作品中疾游的神仙鱼，展现的不只是矫捷，更多是那种鱼水欢情的逍遥。逍遥神仙鱼，逍遥赛神仙。看似平淡的寿山石雕题材背后，却给人"于无声处听惊雷"的震撼，让人细细品味作者炉火纯青的雕刻技艺的同时，更让人惊叹作者巧夺天工的构思和作品本身体现出的无穷韵味和内涵。鱼在水中乐逍遥，又何尝不是寓着着冯伟游刃有余于寿山石雕刻世界中。这也许是第六届福建省工艺美术精品"争艳杯"大赛评委们一致给予其金奖的原由吧。

海底世界　都成坑石
获第六届福建省工艺美术精品"争艳杯"大赛金奖

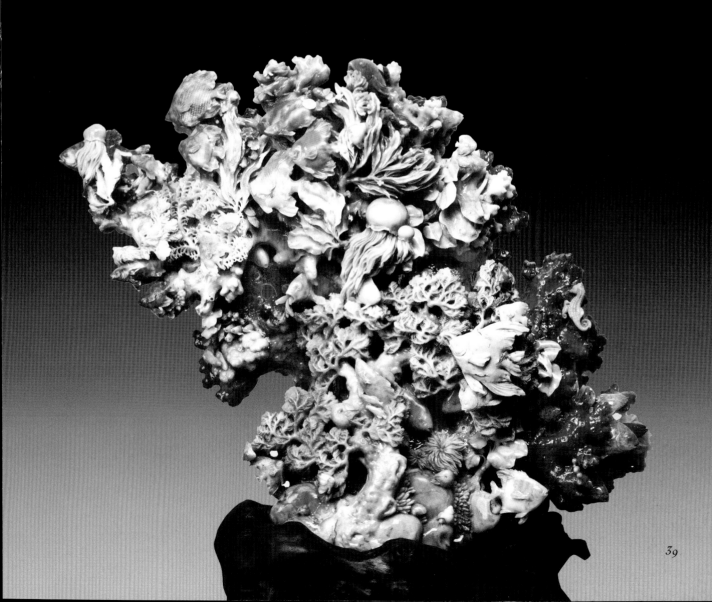

《鲤鱼朝阳》

　　鲤鱼是一种吉祥物，《埤雅·释鱼》称"俗说鱼跃龙门，过而为龙，唯鲤或然"。清李元《蠕范·物体》也称"鲤……黄者每岁季春逆流登龙门山，天火自后烧其尾，则化为龙"。故古代常以"鲤鱼跳龙门"比喻中举、升官等飞黄腾达之事，后来又用作比喻逆流前进、奋发向上。因龙门不可期，故人常以鲤鱼朝阳来寓意好运连连、幸福美满。

　　这件作品采用天然俏色之水洞高山石，精雕而成鲤鱼朝阳之画面。在荷叶间、浪花里欢愉跳跃的鲤鱼与普照的朝阳，显示着吉祥如意，也寓意着好运连连、幸福美满、连年有余、成功在望。尤其是作者依石造型，跳跃的鲤鱼色彩由上而下逐渐加深，层次分明的处理效果显示出作者对生活情趣的准确把握和娴熟的雕刻技法。

鲤鱼朝阳　水洞高山石

鱼趣　桃花鲎箕石　　　　　　　　　　金玉满堂　巧色芙蓉石

鱼趣 水洞玛瑙石

松鹤延年　鸡母窝天蓝冻石

松鹤延年　结晶性芙蓉石

松鹤延年　老性芙蓉石

《稻香千里》

延绵千里的黄色稻田，直上青天的白鹤……林寿煁大师的作品《稻香千里》可谓此题材的一个标杆。但与林寿煁大师以白黄相间、色阶分明的奇降石创作不同的是，高级工艺美术师冯伟以五彩都成坑石为材料，应用浮雕的手法把黄色雕刻成远方绵延的稻田，白色处理成或飞或憩的白鹤，红色则处理成近处低垂的稻穗，尤其是上部的红色处理成喷薄欲出的朝阳，使作品充满了生机和活力，也展现了另一种风格的《稻香千里》。

师古而不泥古，年轻的作者以自己的理解诠释着新世纪的寿山石雕，也通过自己的努力传承着充满生机和活力的寿山石雕技艺。

稻香千里　都成坑石

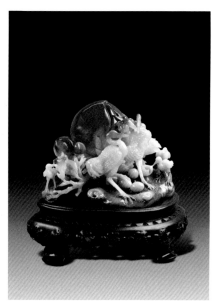

鹤寿四件套（一）　坑头石　　　　　鹤寿四件套（二）　善佰石　　　　　鹤寿四件套（三）　高山石

鹤寿四件套（四）　荔枝石

《天鹅湖》

　　被魔法师变成天鹅的公主，在湖边与王子相遇，倾诉自己的不幸，告诉他：只有忠诚的爱情才能使她摆脱魔法师的统治，王子发誓永远爱她。当王子战胜了魔法师，天鹅们都恢复了人形，奥杰塔和王子终于结合在一起。这是经典的芭蕾舞剧《天鹅湖》的故事，而这件作品却给我们展示了另一个真实的天鹅湖。

　　天鹅嘴衔食物踏水而来，小天鹅们戏耍于其周围，再加上含苞欲放的荷花，翻卷的浪花，温馨宁静的湖中即景如诗如画，让人留连忘返。无论是天鹅耸立的羽毛，还是动作各异的小天鹅，抑或是缓缓飞扬的浪花，都是雕刻精细、玲珑剔透，可谓鬼斧神工。

天鹅湖　　鲎箕石

《寿比南山》

　　鹤是祥瑞的标志，气节的写照，长寿的化身；灵芝素有"瑞草"之称，"仙草"之誉，自古以来就被认为是吉祥、富贵、美好、长寿的象征。古往今来，人们习惯于让仙鹤与灵芝出现在同一画面，以寄寓对福、寿的美好追求。

　　寿山石雕作品《寿比南山》以两情依依共嚼千年灵芝的仙鹤较好地表现"贺寿"，下边数只或衔灵芝或相互嬉戏的小鹤与两只大鹤合为一体，巧妙刻画了相亲相爱并传承有序的一家人。尤其难得的是，作者巧用寿山原石天然的红、白、黑色彩，以红色"巧"冠，以白色雕身，黑色则处理成鹤脚与树身，表现了其神来之笔的构思和巧夺天工的雕刻技巧。

寿比南山　坑头石

松鹤延年　鸡母窝石

鳴春　水洞高山石

春江水暖　芙蓉石

合家欢　芙蓉石

《天伦之乐》

"凄风淅沥飞严霜，苍鹰上击翻曙光。云披雾裂虹霓断，霹雳掣电
捎平冈。""轻抛一点入云去，喝杀三声掠地来。绿玉觜攒鸡脑破，玄
金爪擘兔心开。"提到鹰，大家熟悉的是它那飒爽雄姿和横空杀气。而
这件作品却给我们以另外一种视角来看待这草原霸主。

陡峭的岩石上两只老鹰相拥而偎，雌鹰正将嘴中的鲜鱼喂给尚嗷嗷
待哺的雏鹰，雄鹰上扬的眼眸正在警惕地注视着四周。霸气十足的外表
难掩眼中的温情，温馨的场景更演示着雄鹰家庭难见的天伦之乐。

普通的牛蛋石在作者刀下似乎有了灵气，雄鹰的霸气和温情矛盾却
又和谐地融为一体，俏色的巧用更显示着作者对巧夺天工的色彩处理效果。

天伦之乐　牛蛋石

路路顺（背面）

路路顺（正面） 老性芙蓉石

浅谈寿山石雕的构思与取巧

• 冯 伟

所谓构思，就是作家、艺术家在孕育作品过程中所进行的思维活动，包括选取、提炼题材，酝酿、确定主题，考虑人物活动与事件进展的布局，探索最适当的表现形式等，构思是受一定的世界观和创作意图制约的。笔者自幼跟随爷爷冯久和（中国工艺美术大师），在雕刻艺坛上"摸爬滚打"。对寿山石雕作品创作中的构思与取巧深有体会。通俗地讲，构思就是我们常说的依石料自然形状进行的造型和布局，也就是"因材施艺"中的"取势造型"和"随形变化"。这种方法一是可以充分利用原材料，减少浪费，尤其是对使用好石材更有意义；二是能促使作者开动脑筋，锻炼想象力。根据石形联系现实生活的形象，往往会取得非常满意的效果，可能使作品出现意想不到的新颖的形态。这种形态的确定必须从题材内容出发，根据主题立意需要，巧妙地利用石料形状进行布局造型，取石之"势"造想象之"型"，随石之状作构图之变化。尤其有些生得格外"怪"而"丑"的石料，往往蕴藏着很美的造型因素，可能更会引起雕者的思维联想而诱发创作灵感，出现丰富美妙的遐想，平时生活中的"一瞬间"会"跳出来"同石形状态联系起来。要自如地做到这一点，当然要有较丰厚的生活积累和一定的艺术修养以及过硬的技巧基础。

依形布局的方法灵活多样，在未正式对坯料动凿之前，根据料形、石质（同时也照顾到色彩的利用）及所欲雕刻的产品类型和内容，首先确定上下头、前后面和基本方位而将石面定好，尤其是带有依石形而布局的创作性的作品，有横卧式，直立式，倾斜式；有上窄下阔稳固式，上大下小凌空式；还有上重下轻腾跃式等等。在同一块不规则的石料上，会有完全不同的造型趋势。有横有直，有正有斜，有的可以拔地冲天，有的可以俯冲直下，有的坚实稳重，有的婀娜纤巧，各种石料形状皆有造型因素，皆可取势。所以，一块理想的好料，要想创作一个好的命题，得一个好的造型，不要急于动凿打坯，而应将石料摆在案头时常观察、思考，翻动头脑里生活积累的"仓库"，捕捉到"灵感"后再开始动手。这时候最好是不失时机地一鼓作气地将粗坯敲出来，牢牢抓住抽象的思维形象使其迅速地化成具体的造型形体。

实施依形布局法，还可采取这样的步骤：1. 经过观察思考后，已胸有成竹的，可以直接动手造坯。2. 在石料上刻划形象线条后再敲坯。3. 根据石形和构思设想先画出设计草图。这一步是作品外部造型、轮廓、气势、线条、角度、节奏以及韵律所定的基调。有的石料本来形状极其自然，似乎某种景象的形貌已隐在其中，只要你有丰富的雕刻实践经验，就能诱发你的想象力，顺乎自然有可能会有更好的构图。在实施依形布局的同时，俏色的利用也至关重要， 石雕取巧的功夫能给石雕作品增添极大的艺术价值。要做到巧妙地利用色彩，首先要懂得选色，在一块石料上要先看清有几种色彩，各种色彩的面积大小、厚薄和生相，然后选定其中能符合设想的一块色为主要点，一般总是色最艳，或石最冻、最纯净，也就是石质最佳的、面积（色块）最大的为主要点。这部分是蜡石的精华，应该尽可能定为作品的主题立意的中心，其余色的利用——多少、去留，都应为这

甘来果　黄巢洞石

个中心服务。所以，对有色彩的石料，在确定作品题材、构图时，应先围绕着色彩这一客观因素来思考设计。什么色相似什么景物，适合表现什么，脑子里要有自然界的色彩联想。有的石料本身色彩不丰富，除大面积的基本色外，只有少量的一种不同颜色。比如一块白色的石料中生有一点黑斑，这很难同自然界中五彩缤纷的色彩联系在一起。这种石料就不强调石色酷似所要表现的景物本色，只要将这点黑色利用恰当，雕成与主体有关的另一种物体，形成作品黑白对比的色调，对突出主题、烘托气氛、增加趣味以及加强装饰效果都有重要意义。

对石料天然色彩的利用，还必须遵循"取舍"的原则。如果一块石料色彩很丰富，不分主次，不知取舍，一概全部利用，被石色牵着鼻子走，主观被客观所制约，这样就谈不上因色"取巧"，俏色也就不俏了。有取必有舍，有舍才能有所取，取舍也是矛盾的统一。例如我去年创作的作品《金玉满堂》。原材料是一块饱满的长方体坑头石。原石色彩较为丰富，共有红、黄、白、黑、紫五色，雕海底世界最为合适。我原先考虑把石头黑白的一面雕刻成珊瑚和荷叶作为作品的背景，来衬托作品的正面——红色、紫色以及巧色可爱的观赏鱼；黄色作飘逸的海树；白色作柔软的海草……然而，在作品快完工时，总感觉整体效果不甚理想，表现在作品的形状过于规矩，缺少生机。我揣摩再三，觉得作品右腰部材质虽不是很好，但它是主体鱼的部分，不可或缺。作品的左腰部虽然色彩丰富，质地也很细腻，除去虽然可惜，但可增加作品的整体空间感。于是我忍痛割爱，除去了作品左腰部分。果然，修改后的作品更加大气，造型也更加灵动。

取舍的原则是舍要服从于取，先取而后舍。其基本方法是：先从选中作为主题立意的中心色块落手(也就是作品的"基准点"，取色与作品的基准点应该是统一的)，打出主题中主体的雏形轮廓，围绕着这个主体轮廓，再延伸派生与内涵相关、画面连贯而所能利用的其余色彩，用多少取多少。对于好的色彩，要尽可能多留一些，好色取得少而舍得多，是很可惜的。尤其是冻石，在构思构图时就应留意到这一点。同时要根据石料的质地和色彩，突出地安排在作品最主体的部位。比如人物的脸面石质总要最纯净无瑕的，果实总要选最冻色的部位等等。因而石料的俏色与作品内容的主体部位恰当处理，是作品成功的必备条件。例如，花果类作品的主花必定最大朵的，盛开的，植物的果实的位置须是最显要的，它的大小、仰俯和正侧是决定整体作品的构图布局和艺术效果的关键。动物作品主要是立体式圆雕，它的造型也是扁形，因动物多以侧面塑造为主，产品虽有前后面，但后面也要同前面一样雕，比人物作品要更详细。所以动物作品多以头部为基准，动物身体各部分结构比例也以头的长、阔度为衡量标准。

总而言之，寿山石雕从坯料到作品，一步也离不开石雕艺人的构思与取巧，只有丰富的构思，合理的巧色利用，才会使作品臻于完善，达到成熟。这是每一位雕刻者雕好作品的关键。

扬眉吐气　芙蓉石

争艳　坑头石
（获第五届福建省工艺美
术精品"争艳杯"大赛金
奖）

连环花果蓝　高山石

硕果累累　老岭石

（获2011年中国工艺美术"百花奖"金奖）

喜上眉梢　老性芙蓉石

《荷塘情趣》

　　"曲曲折折的荷塘上面，弥望的是田田的叶子。叶子出水很高，像亭亭的舞女的裙。层层的叶子中间，零星地点缀着些白花，有袅娜地开着的，有羞涩地打着朵儿的；正如一粒粒的明珠，又如碧天里的星星，又如刚出浴的美人。"

　　看着眼前的寿山石雕，脑海中不由浮现出朱自清《荷塘月色》中的优美描述，但显然《荷塘情趣》蕴含的荷塘景象比朱自清笔下的景色更美，集鸳鸯、荷花、荷叶于一体，既有天然的田园之趣，又有艺术再现的审美之味。尤其是作者对寿山石天然俏色的巧妙利用，微红的花骨朵含苞欲放，嬉戏的鸳鸯情趣横生，撩拨起人们对田园情趣的无限向往。夜阑人静，明月朗照，微风过处，恍然间似乎可嗅到眼前荷药传来的缕缕清香。

荷塘情趣　芙蓉石

夏荷（正面）　善伯石

夏荷（背面）　善伯石

喜鹊图　极品山秀园

鸿运当头　芙蓉石

一枝独秀　黄巣洞石

梅鹊争春　芙蓉石

花语　芙蓉石

梅花笔筒　坑头石

南瓜章　将军洞芙蓉石

长寿富贵　高山石

《富贵平安》

　　"出门大吉行鸿运，一生富贵皆康平。"中国人自古就注重"富贵平安"，人生幸福离不开富贵安稳的生活和平安健康的身体，故许多艺术家乐于以此进行创作。寿山石雕作品《富贵平安》巧妙利用芙蓉石晶莹剔透的白色雕刻平安纯洁的鸽子，用红色雕刻了富贵吉祥的牡丹花，寓意一生富贵平安，如意吉祥。 作品采用浮雕技法，雕工精湛细腻，手法流畅娴熟，构图紧凑大方，古朴雅致，寓意吉祥。

　　尤为难得的是，作品借鉴了中国画构图的舒朗、空灵手法，造型简而不繁，布局注重色彩明暗虚实，既突出了主题，又使画面错落有致，显示了作者娴熟的雕刻技巧和深厚的国画功底。

富贵平安　　芙蓉石

夏意　芙蓉石

荷藕蓝　水洞高山石

《踏雪寻梅》

　　"冬前冬后几村庄，溪北溪南两履霜，树头树底孤山上。冷风来何处香？　忽相逢缟袂绡裳。　酒醒寒惊梦，笛凄春断肠，淡月昏黄。"元代杂剧家乔吉的散曲《寻梅》，因其婉约朦胧，抒怀达意，六七百年来一直为人们所喜爱和传唱。但古人的浅唱低吟无非是消愁解闷，而今人却用寿山石雕琢出了"踏雪寻梅"的画面，更为传神和动人。

　　寿山石雕作品《踏雪寻梅》采用老性芙蓉石，通过巧夺天工的构思变为了神奇的"寻梅"：　白雪、粉梅、梅花红枝干、群鹿，形象地表达了不畏严寒踏雪寻梅的意趣和神韵，令人叹为观止。尤其是作品充满纯朴的意境与浓郁的生活气息。作者非常巧妙地将近景、中景、远景的布置层层推进，画面井井有条而又富于变化，境界幽深，引人入胜。

梅雀争春　老性芙蓉石

福・寿　芙蓉石

百年好合　结晶性芙蓉石

《花开富贵》

　　花开富贵我中国传统吉祥图案之一，代表了人们对美满幸福生活、富有和高贵的向往。花一般指国花牡丹，清代赵世学在《牡丹富贵说》中提到：牡丹有王者之号，冠万花之首，驰四海之名，终且以富贵称之。夫既称呼富贵，拟以清洁之莲，而未合也；律以隐逸之菊，而未宜也。甚矣，富贵之所以独牡丹也。

　　寿山石雕《花开富贵》以高浮雕配以镂雕技法把牡丹盛开、喜鹊临门的形象刻画得生动、活泼。尤为难得的是作者对俏色的巧妙利用，红色处理成盛开的牡丹和栖于其上的喜鹊，白色则处理成搭配的枝叶。实中见虚，传统雕刻技法与现代雕塑美学融为一体的雕刻风格展现出 "花开富贵"的热烈喜庆画面，也寓意着人们对幸福生活、富有和长寿的追求。

花开富贵　芙蓉石

后记

　　福建美术出版社即将出版《唯美》寿山石雕系列丛书《冯伟精品集》，这本自选集收集了冯伟近期佳作66件，题材有禽鸟、花卉、动物、瓜果、鱼虫，这些作品只是他近年来辛勤创作的一部分，展示冯伟的艺术天分。冯伟作为福建省工艺美术研究院特聘研究人员，我有幸与冯伟经常进行交流与沟通，听得最多的，他总是说在艺术上感到不满足，不满足于没有真正形成自己的独特风格。我想，只要尚待时日，单纯的量变也能引起质的飞跃，他的艺术风格一定会逐渐成型，我期待他"质变"的那一天。我想做为一个年轻的寿山石雕艺术追随者，只要他善于继承前辈的传统技艺，虚心学习现代的创作理念，总会达到理想的高度。路是人走出来的，不管前面有路没路。

　　冯伟在艺术的道路上一路走来，感受多多，收获多多，这得益于各方的关爱与支持，人们总是伸出一双双至爱、至善、至诚的手，用热情与鼓励，鞭策和激励他前行，他们都是真正的良师益友。

　　希望这本画册的出版能够起到抛砖引玉的作用，让冯伟与业界同行更多的交流，取他人之长，补己所短，不断提高自己的艺术创作水平，取得更加辉煌的成绩。

福建省工艺美术研究院

院长：

2011年5月18日草就